Un Noël magique

Texte: Gabriel Anctil · Illustrations: Denis Goulet

Dominique et compagnie

À minuit, ce sera Noël! Je suis **TELLEMENT** heureux!
J'aimerais déballer mes cadeaux tout de suite!

«Léo, ça fait un an que tu patientes.
Tu peux attendre encore un tout petit peu», dit maman.

Mon grand frère Émile adore cuisiner.

Il prépare un réveillon vraiment rigolo avec papa:
« Chacun va créer sa pizza », explique-t-il.

J'étale du pepperoni et du fromage sur la mienne.
J'ajoute aussi quelques légumes pour faire plaisir à maman.

Pour le dessert, nous faisons des biscuits.

Je veux les décorer avec des pépites
de chocolat multicolores, mais j'échappe le sac.

« Il faut faire un petit dodo, précise papa,
sinon le Père Noël ne viendra pas porter vos cadeaux. »

« Comment fait-il pour visiter **TOUS** les enfants de la Terre, en **UNE** seule journée? », demande Émile.

OUAH!

Papa nous regarde droit dans les yeux:
« Il a le pouvoir d'arrêter le temps! »

Nous n'arrivons pas à nous endormir.

Pour nous calmer, maman vient se coucher avec nous.

Émile me secoue : « Réveille-toi Léo !
Il y a du bruit... C'est lui... J'en suis sûr ! »
J'ouvre toutes grandes mes oreilles.

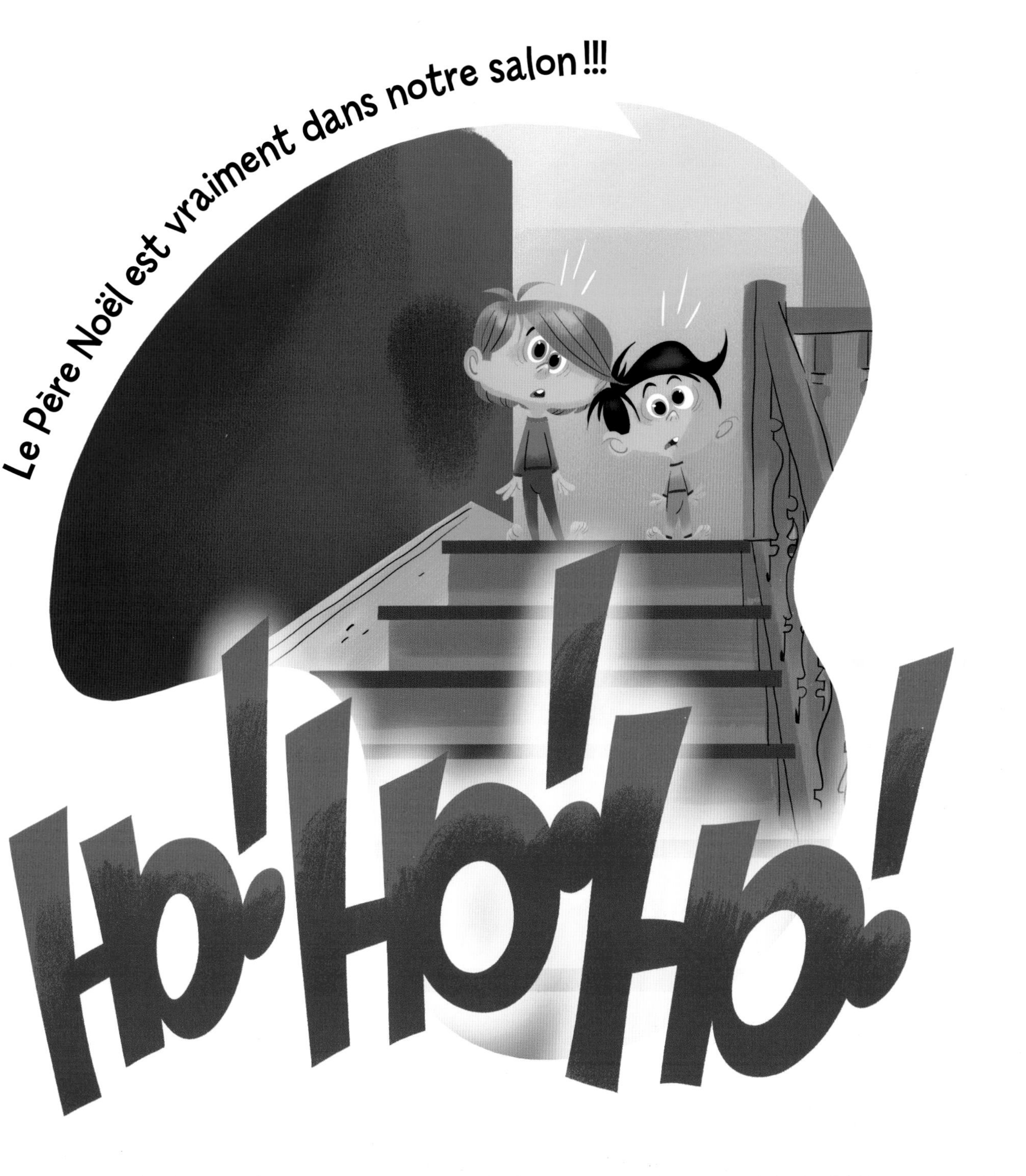
Le Père Noël est vraiment dans notre salon !!!
HO! HO! HO!

Nous descendons à la vitesse de l'éclair, mais il est déjà parti.

« Papa, as-tu vu le Père Noël ? », demande Émile.
« J'étais dans le garage, je n'ai rien entendu », répond papa.

Sous le sapin,
il y a
des montagnes
de cadeaux!

Nous entendons des grelots tinter.
Nous courons à la fenêtre.
Il y a des traces de ski dans la neige.

Tout le monde éclate de rire...

Nous déballons **ENFIN** nos cadeaux! Un casse-tête, une auto télécommandée, des chevaliers et un bâton de hockey! C'est exactement ce que je voulais!

Émile aussi est **fou de joie**.
Il a reçu une luge pour glisser,

un avion à assembler

et
des bandes
dessinées !

«Bataille
de papier
d'emballage!»
annonce papa.
Nous nous amusons
comme des fous.

Nous jouons longtemps avec nos cadeaux,

puis nous montons nous coucher.
Nous sommes épuisés, mais SUPER contents!

Je n'ai que quatre ans, mais je vais me souvenir toute ma vie de cette veille de Noël. C'est promis !